Voor mijn moeder,
haar leven is de beste moderne gelijkenis die ik ken.

Adrian Plass

Het Bezoek

MERWEBOEK - SLIEDRECHT

De hoofdstukken een tot en met vijf plus zeven verschenen in het Engels in 1987 onder de titel THE VISIT in de bundel THE FINAL BOUNDARY, INCLUDING THE VISIT AND OTHER PARABLES, uitgegeven door Kingsway Publications Ltd., Eastbourne. Een enigszins bekorte versie van de Nederlandse vertaling hiervan verscheen eind 1991 in afleveringen in het maandblad Aktie.
Het zesde hoofdstuk werd niet eerder afzonderlijk gepubliceerd. De auteur stelde het speciaal voor deze uitgave ter beschikking.
Inmiddels is dit hoofdstuk beschikbaar als afzonderlijke uitgave onder de titel HET KERSTBEZOEK, een boekje als kerstkaart met envelop.
Tevens is er sinds 1997 een gebonden versie van HET BEZOEK leverbaar met illustraties van Wim Nuninga (ISBN 9071864944).

Eerste druk: augustus 1992
Elfde druk: mei 1998

NUGI 301
ISBN 90-71864-40-5 / CIP

Postbus 217, 3360 AE Sliedrecht, tel. 0184-410224
Nederlandse vertaling: Thom Hiemstra
Omslagontwerp: Leo Blokhuis

Een

Het zat wel goed met onze kerk. We spraken met ontzag en gepaste dankbaarheid over onze Grondlegger. Alles liep op rolletjes, zoals dat hoort in een fatsoenlijke kerk. Natuurlijk hadden we het er wel eens over, dat we Hem graag hadden willen ontmoeten toen Hij nog op aarde was. En dat we uitkeken naar het moment van Zijn komst, ooit... maar vooral in de verre toekomst.

Het nieuws dat Hij van plan was ons binnenkort op te zoeken, kwam dan ook op zijn zachtst gezegd onverwacht en was nogal schokkend. Al het zelfverzekerde gepraat over 'het zaligmakend geloof' verstomde. Mensen die meestal redelijk opgewekt over kwamen, keken plotseling nogal bezorgd. Omgekeerd waren gemeenteleden met problemen stukken vrolijker.

Een man die altijd had beweerd dat 'het dogma van schuld en boete een specifiek joods idee was', werd opeens erg bedachtzaam. Iemand anders had ooit een brochure uitgegeven over 'De Werkelijke Betekenis van de Opstandingsmythe'; binnen de kortste keren zat hij in een gebedsgroep en stelde hij zich open voor nieuwe ideeën. De kleine zielen in de gemeente telden slechts de dagen af.

We reageerden elk op onze eigen manier, maar wat we allemaal gemeen hadden, was het gevoel dat het spel uit was. Je kon je niet langer anders voordoen dan je was... Hij zou je doorhebben.

Wat mijzelf betreft, ik keek wel uit naar zijn bezoek, zolang er tenminste niets geks zou gebeuren. Ik was een organisator, een doener. Het was mijn taak het gemeenteleven goed te laten verlopen, ervoor te zorgen dat de juiste mensen op de juiste plaats de juiste dingen deden. En daar was ik aardig goed in. Ik moet toegeven dat ik niet zo'n super-geestelijk type was, maar ik lachte vriendelijk (op de juiste momenten) en zong op zondag braaf mee met de rest. Eerlijk gezegd was mijn relatie met God een beetje als een huwelijk zonder seks. Ik had Hem altijd een beetje op een afstand gehouden. Maar ik deed mijn best en vond dat ik toch op zijn minst een kamertje in de hemel had verdiend, zo niet een heel huis.

Aan mij was de edele taak het bezoek van onze Grondlegger te organiseren; ervoor te zorgen dat het hele evenement gladjes verliep. Het duurde niet lang of ik had een gedetailleerd programma gemaakt voor de grote dag; ik had zelfs al geregeld bij wie Hij zou logeren. Daar was nog wat geruzie over geweest, het zou iemand moeten zijn die doordeweeks niet anders was dan 's zondags. Iemand had toen gezegd dat Hij in dat geval in een hotel zou moeten overnachten. Ten slotte heb ik een eind aan de discussie gemaakt door zelf iemand uit te kiezen.

Mijn grootste probleem was dat ik van tevoren geen contact met Hem kon opnemen om wat praktische zaken te regelen. Het enige wat ik wist, was dat Hij 's zondags in onze avonddienst zou komen. Toch maakte ik me niet zo veel zorgen. Meestal vonden bezoekers het wel prettig om gewoon in de dienst mee te draaien. Ik ging ervan uit, dat Hij wel de laatste zou zijn die als een olifant door onze keurig ingerichte porseleinkast heen zou banjeren. Ik was gewend de touwtjes stevig in handen te houden. Het was niet bij me opgekomen dat Iemand die de creativiteit in eigen persoon was, wel eens zijn eigen touwtjes mee kon brengen.

Naarmate de dag van het bezoek naderde, begonnen de gemeenteleden zenuwachtiger te worden. Een broeder, die tot op dat moment werd beschouwd als een halve heilige, biechtte een hele rij schokkende zonden op. Hierdoor werd hij in de ogen van zijn medegelovigen een stuk minder heilig, maar wel veel interessanter en menselijker. Een zuster vond dat een bezoek 'in het vlees' getuigde van een gebrek aan Godsmaak. Ze zei dat het wel eens de zuiverheid van haar Godsbeeld zou kunnen bezoedelen. Op een avond nam een lief oud vrouwtje me apart. Zij stelde me bezorgd de vraag waar we waarschijnlijk allemaal mee zaten: 'Klopt het dat Hij eh... alles weet wat we denken?'

Op dat soort vragen wist ik het antwoord niet. Ik wilde maar dat het voorbij was en we achteraf tevreden konden constateren dat 'alles goed was gegaan' en dat we het vooral 'best wel de moeite waard' vonden. Ik moet toegeven dat het lang heeft geduurd voordat ik leerde mijn ervaringen niet keurig op te bergen voordat ze de kans krijgen me te veranderen.

De grote dag, zondag, brak eindelijk aan en daar was Hij dan. Ik weet dat het rot klinkt, maar in het begin leek het erop dat het een verschrikkelijke teleurstelling zou worden, een anti-climax. Hij was zó anders dan we hadden verwacht. Hij was eigenlijk te... echt. Zijn aankomst was ook een beetje raar. Ik had het georganiseerd als iets groots. Misschien zat ik daarmee verkeerd, maar ik hoopte op zoiets als een statige entree. Alles stond klaar, iedereen op z'n plaats. Toen beseften we plotseling, dat Degene op wie we stonden te wachten er al was. Hij zat rustig op de achterste rij.

Eerlijk gezegd zou ìk Hem niet herkend hebben, maar iemand anders zag Hem wel en vroeg of Hij naar voren wilde komen. Ik dacht net: mooi zo, dan kunnen we nu beginnen, maar ik was nog niet bij Hem of Hij draaide zich om naar de gemeente en vroeg (geloof het of niet): 'Heeft iemand misschien een boterham?' Enkele mensen begonnen te lachen, maar een oud vrouwtje ging meteen naar de keuken om een lekkere boterham klaar te maken. Ze zette er gelijk maar een vers kopje thee bij. Nadat ze dit had binnengebracht, ging Hij op de trap zitten eten, zonder ook maar een spoor van verlegenheid.

Ik wist niet meer hoe ik het had. Ik stond met een programmaboekje in de hand, maar op het moment dat ik het Hem wilde geven, draaide Hij zich om en keek me aan. Ik liet het boekje zakken. Die blik... ik kan hem gewoon niet beschrijven. Hoe raar het ook klinkt, ik kon wel janken en tegelijk Hem een klap verkopen. Ik voelde me zó stom. Ik schaamde me dood. Maar waarvoor eigenlijk?

Hoe dan ook, Hij keerde zich om naar de gemeente en keek rond alsof Hij op zoek was naar een bekende. Iemand zwaaide naar Hem en toen liep het helemaal uit de hand. Hij rende door het gangpad, sloeg zijn armen om een vrouw op de vierde rij, die zat te huilen. Hij zei iets wat wij niet konden verstaan. Andere mensen stonden op en gingen naar Hem toe, totdat er een hele kring om Hem heen stond.

Het was een heel onwerkelijke situatie. Overal zaten nog mensen in de banken met hun gezicht naar het podium; ze waren totaal met de zaak verlegen en wisten niet wat ze moesten doen. Terwijl verderop een groep mensen lachte en huilde en een enorm kabaal maakte. Opeens hield al het lawaai op. Hij stak zijn hand op en van het ene op het andere moment was het doodstil.

Achterin de kerk zat een jonge man. Hij keek strak voor zich uit en leek helemaal verstijfd. Zijn gezicht was lijkbleek; hij hield zijn handen om zijn knieën geklemd en probeerde zich uit alle macht in te houden. Niet meer dan vijf woorden waren genoeg om hem helemaal los te laten barsten:

'Maak je maar geen zorgen.'

Dat was alles wat Hij zei. 'Maak je maar geen zorgen.' Die jongen vloog de kerk door en kwam op zijn knieën tot stilstand. Toen begon het allemaal weer opnieuw - het lawaai dus - en vervolgens liepen ze zomaar met z'n allen naar buiten. Zomaar ineens... naar buiten.

Ik volgde hen tot de deur en kon Hem nog net aan zijn mouw trekken. 'Sorry, maar ik dacht dat we met z'n allen een kerkdienst zouden houden.'

'Prima,' zei Hij en lachte, 'kom maar met ons mee!'

Ik wist niet wat ik moest doen.

'Maar we hebben altijd onze diensten hier in de kerk.'

'Ga je niet liever met mij mee?' vroeg Hij.

Nou, dat wilde ik eigenlijk wel, maar ik wist niet wat Hij van plan was. Ik had verwacht dat Hij gewoon met ons mee zou doen, maar hij leek zo... onberekenbaar.

'Waar gaat U dan heen?' vroeg ik.

Hij keek wat rond (dit geloof je nooit), wees naar de overkant en zei: 'Wat is dat voor café?'

'Nogal ruig, eigenlijk,' zei ik. Ik wist zeker dat een paar van de mensen die Hij uit de kerk had meegenomen uit principe nooit naar een café zouden gaan. Tenminste... dat dacht ik, maar ze stiefelden wel mooi achter Hem aan naar binnen. Jonge kerels, oude theetantes, bejaarde mannen, allemaal bij elkaar. Ik stond perplex.

Ik stond een half uur bij de kerkdeur. Intussen vertrokken alle mensen die in de kerk waren gebleven, inclusief de vrouw bij wie Hij zou logeren. Zo rond half acht kwam Hij weer uit het café naar buiten en - ik zweer het je - Hij had meer mensen bij zich dan toen Hij naar binnen ging. Ze zwermden over de straat terug naar de kerk en Hij zei: 'Mogen we nu weer binnenkomen?'

Ze kwamen dus allemaal weer binnen en gingen zitten. Nou ja, 'gingen zitten': ze hingen over de rugleuning van de kerkbanken, gingen in kleermakerszit op de grond zitten en zaten onderuitgezakt tegen de radiatoren. Toen begon Hij te praten.

En weet je wat ik nou niet snap? Hij had mijn kerkdienst verpest; alles was fout gegaan; ik voelde me enorm voor schut staan, maar ik wilde niets liever dan op de grond gaan zitten en naar Hem luisteren - en ik had het gevoel dat Hij dat ook wilde.

Maar ik deed het niet.

Ik ging naar huis.

Ik heb in jaren niet gehuild, maar die avond heb ik echt zitten janken. Toen wist ik opeens wat ik moest doen. Ik gooide de deur achter me dicht en rende terug naar de kerk. Het was zó stil toen ik daar aankwam, dat ik dacht dat iedereen weg was. Maar toen ik binnenkwam, zat Hij daar. Hij glimlachte hartelijk.

'Nou, dat heeft lang geduurd,' zei Hij. 'Ik heb op je zitten wachten. Ik slaap vannacht bij jou.'

Twee

Onze Grondlegger had een enorm tumult veroorzaakt door in levenden lijve bij ons te komen. En ik had bijna de kans verspeeld om bij Hem te zijn. Dat kwam omdat ik niet kon aanvaarden, dat Hij niet volgens míjn regels wilde leven. Dat probleem hebben we opgelost en Hij kwam zelfs bij me wonen, totdat Hij naar een geschikter adres verhuisde.

Je zou denken dat ik mijn lesje nu wel had geleerd...

Niet dus!

In de tijd die volgde, leefden en werkten we samen. Soms geloofde ik mijn ogen niet, als ik zag wat Hij deed. Ik ging steeds meer van Hem houden. Tegelijk begon ik me er steeds meer aan te ergeren, dat Hij zich telkens liet afleiden door de meest onzinnige bijkomstigheden. Tenminste... ik vond het bijkomstigheden. Ik had nog steeds niet door dat Hij nooit iets zonder reden deed. Echt nooit. Door deze groeiende woede verloor ik Hem weer, en dit keer bijna voorgoed.

Het gebeurde toen Hij er al een paar maanden was, maar nog niet echt bekend was geworden. We moesten een keertje naar Amsterdam. Hij was er nooit eerder geweest, maar nu was Hij gevraagd om er te komen spreken. Hij ging en ik ging met Hem mee. Het laatste stuk moesten we met de metro van het Centraal Station naar het Waterlooplein en dat vond ik al reuze ingewikkeld. Ik was moe en de metro zat bomvol. Toen we er eindelijk waren, stopte Hij telkens op het perron en staarde naar de mensen, terwijl ze zich langs

Hem heen wrongen. Elke keer kreeg ik Hem met moeite weer in beweging. Toen we onderaan de roltrap kwamen, stopte Hij opnieuw en versperde iedereen de weg. Hij was met geen mogelijkheid van zijn plek te krijgen.

We waren toch al laat en ik begon langzaam mijn geduld te verliezen. De woede die ik de hele tijd had gevoeld, kon ik maar met moeite binnenhouden. Toch kende ik Hem inmiddels wel een beetje. Als Hij eenmaal wat in zijn hoofd had, kon je praten wat je wilde, maar dan wist Hij van geen wijken. Dan moest en dan zou er gebeuren wat Hij wilde...: namelijk het 'enig juiste'. Je kon altijd zo aan Hem zien of Hij dacht dat Hij het 'enig juiste' had gedaan. Zijn gezicht ontspande zich dan en Hij lachte als een blij kind.

Toen ik vroeg wat er was, wees Hij naar de muur. Daar zat een oude man met maar één arm, die ontzettend vals mondharmonica speelde. Hij bleef even naar de oude man kijken, draaide zich naar mij om en keek me nogal wanhopig aan. 'Wat moeten we nu doen?'

'Gooi maar wat geld in zijn hoed,' zei ik, 'als U wilt. Maar hoe dan ook, we moeten verder!'

Hij voelde in de zakken van zijn colbertjasje. Het was een keurig colbert. Ik had Hem eindelijk zo ver gekregen, dat Hij er één had gekocht. Voor als Hij ergens ging spreken.

''k Heb geen geld bij me,' zei Hij, 'jij wel?'

We baanden ons een weg naar de oude man en gooiden wat geld in zijn hoed. Toen hij het bankbiljet zag tussen al die munten, slikte hij bijna zijn harmonica in. Daarna werden we door de mensenmassa meegevoerd de roltrap op. Midden in het lawaai van de roltrap en de stemmen om ons heen en het vervagende gejammer van de mondharmonica, draaide ik me om en keek Hem in het gezicht - even controleren, dacht ik. Foute boel dus: niks ontspannen glimlach. Zijn ogen stonden bezorgd en je kon zien dat Hij aan iets zat te denken. Eigenlijk had ik al door wat Hij ging doen, nog voor Hij het deed.

Plotseling was Hij verdwenen. Hij baande zich een weg naar beneden tegen de stroom van de roltrap in. Op een gegeven moment was ik Hem uit het oog verloren. Ik hoorde Hem nog net zeggen: 'Ik zie je zo wel bovenaan de trap.' Toen ik bovenaan de trap kwam, kookte ik. Het was al behoorlijk laat; we gingen naar een belangrijke bijeenkomst en Hij moest weer zo nodig alles in de war gooien! Ik leunde tegen de stempelautomaat en wachtte.

Na wat een eeuwigheid leek, verscheen zijn gezicht bovenaan de roltrap. Hij straalde voldaan - dat zat dus wel goed. Maar toen ik de rest van zijn lichaam zag, voelde ik een ijzige woede. Hij droeg een vod van een jas. Die was Hem veel te klein en een van de mouwen was bij het armsgat afgeknipt en bij elkaar genaaid aan de schouder. Ik kon niks meer uitbrengen van woede.

Tegen de tijd dat we bij de zaal kwamen waar Hij zou spreken, was ik helemaal van de kook. Ik bekeek Hem... Hij zag er zo belachelijk uit, terwijl Hij zo belangrijk was. Soms gedroeg Hij zich zo zwak en zo stom. En eerlijk gezegd schaamde ik me dood. Vergeet niet dat ik Hem toen nog niet zo goed begreep als nu en dat het verschrikkelijk belangrijk voor me was, wat anderen vonden van Hem - van ons... - nou ja, goed dan... - van mij.

Ik bleef met opzet wat op de achtergrond en zag hoe een ongerust groepje mannenbroeders Hem binnenhaalde. Ik mocht dan op een afstand staan, ik kon echter heel goed zien dat ze hem wantrouwend aankeken in zijn belachelijke theaterkleding.

Wat er toen gebeurde, staat in mijn geheugen gegrift. Hij draaide zich om en zocht mij; niet boos of geïrriteerd, maar verbijsterd en hulpeloos. Hij zocht de steun van een vriend in deze vreemde omgeving. Maar toen had ik me al aan zijn blik onttrokken. Ik verschool me in het duister; ik was er niet meer. Dàt was het moment waarop ik Hem echt kwijtraakte - niet het ogenblik daarvoor, op de roltrap.

Ik heb die avond niet op Hem gewacht. Tot op de dag van vandaag weet ik niet hoe zijn toespraak ging of hoe Hij weer is thuisgekomen en zo... Ik zocht geen contact meer met Hem; ik ging niet meer naar de kerk en vermeed plaatsen waar ik Hem zou kunnen tegenkomen. In de paar maanden daarna probeerde ik mezelf ervan te overtuigen, dat ik maar beter zonder Hem kon leven. Maar in mijn hart wist ik dat ik het belangrijkste in mijn leven was kwijtgeraakt. Het was de tweede keer sinds we elkaar hadden leren kennen, dat ik Hem in de steek had gelaten. Ik ging er vanuit dat Hij me niet meer wilde zien, nu ik Hem zó had laten vallen op het moment dat Hij me zo hard nodig had gehad.

Maanden later kwam ik Hem weer tegen. Hij was door het hele land al erg bekend geworden. Hij had veel vrienden gekregen en ook een paar fervente tegenstanders. De kranten stonden bol van de genezingen en grote samenkomsten. Hij was voortdurend op TV. Elke keer als ik zijn gezicht zag, kwam het verdriet weer boven. Dan moest ik gauw wat anders gaan doen - heel gauw. Ik had mezelf afgesneden om zo'n stom colbertje en mijn eigen dwaze hoogmoed. Ik kon mezelf wel wat doen.

In de zomer moest ik een keert naar Amsterdam voor mijn werk. Ik ging 's morgens een eindje wandelen in het park bij mijn hotel. En toen zag ik Hem daar in z'n eentje op een bank zitten. Hij had een brief in zijn handen die Hij duidelijk niet open durfde te maken. Hij hield hem op een armlengte van zich af, alsof de brief elk moment kon exploderen.

In een eerste impuls wilde ik me omdraaien en wegrennen voordat Hij me zou zien. Maar iets, diep van binnen, hield me tegen. Ik liep naar Hem toe en ging op het uiterste puntje van de bank naast Hem zitten. Ik wachtte gespannen op zijn afwijzing. Toen Hij zich naar mij toe draaide, leek Hij helemaal niet verbaasd. Hij keek eerder blij en opgelucht en helemaal niet verwijtend. Ik kon niks meer uitbrengen, omdat ik bijna moest huilen.

Hij gaf mij de brief en zei: 'Ik ben bang dat dit slecht nieuws is. Zou jij 'm open willen maken en voorlezen?'

Hij wendde zijn hoofd af en staarde voor zich uit. Ik opende de brief met trillende vingers en las hem voor. Het was inderdaad slecht nieuws. Het ging over één van zijn dierbaarste vrienden, die de hele tijd achter Hem had gestaan. Die was plotseling overleden aan een hartaanval.

Toen ik de brief had voorgelezen, gebeurde er iets vreemds. Hij sloot zijn ogen en zuchtte diep. Het leek uit zijn diepste binnenste te komen. Op hetzelfde moment woei er een bries over het gras. De bladeren aan de bomen langs het pad ritselden. Het was alsof de natuur met Hem mee zuchtte.

Daarna draaide Hij zich weer naar mij toe en zei: 'Ik ben blij dat jij hier bent, nu ik me zo verdrietig voel. En verder...'

'Ja verder... wat moet ik doen?' vroeg ik.

'Doen? Wat jij moet doen? Dat wat je altijd al deed. Ik wil dat je dingen voor Me organiseert; dat je Me achter de vodden zit; dat je Mij helpt om hen te helpen. Je mag zelfs, als je dat wilt... een colbertje voor Me uitzoeken.'

Toen móest ik het Hem wel vragen. 'Hoor eens,' zei ik, 'Vertel me nou eens... toen daar in dat metrostation... Waarom moest U toen zo nodig teruggaan om uw colbertje met dat van die man te wisselen? Het leek zo onzinnig. Ik bedoel - wat heeft een man met maar één arm aan een colbertje met twee mouwen?'

Hij keek me een poosje aan zonder iets te zeggen. Daarna lachte Hij verlegen.

'Nou, eigenlijk niks,' zei Hij, 'eerlijk gezegd ging Ik niet terug om onze jassen te wisselen, maar had Ik het gevoel dat Ik eigenlijk niet anders kon...'

'Niet anders kon...?'

Hij lachte breeduit. 'Als iemand net een nieuwe arm heeft, kun je hem toch niet laten zitten zonder er een mouw aan te passen?'

Hij pakte de brief met de envelop uit mijn handen, stond op en gooide hem met een wijds gebaar in de afvalbak naast de bank.

'Ga je mee?' zei Hij en stapte vastberaden het zonnige park in.

Verbluft stond ik op en ging achter Hem aan.

Drie

Ik wilde graag een wonder zien. Eentje maar. Een door-en-door absoluut onbetwistbaar wonder. Zo eentje met een gouden randje. Het hoefde niet groot te zijn. Gewoon een klein wonder, meer niet.

Maar er waren twee probleempjes.

Ik wilde natuurlijk niet toegeven dat ik zo iemand was, die zo nodig een wonder moest zien om te kunnen geloven. Ik vond dat ik een soort diep en indrukwekkend geloof moest hebben, een geloof dat onvoorstelbare genezingen gewoon aanvaardde als bevestiging van wat ik natuurlijk al lang zelf wist.

Het tweede punt was dat ik altijd nèt te laat was. In al die tijd dat onze Grondlegger nu bij ons was, was één ding wel zo'n beetje duidelijk geworden: sinds het begin van onze jaartelling was Hij nog geen steek veranderd. Dat betekende dat Hij nog steeds aan wonderbaarlijke genezingen deed. Ik heb nooit een regelmaat kunnen vinden in de plaats of de tijd van een wonder. Het kon een kind overkomen in de supermarkt of een invalide thuis, maar ook een oude man in de kroeg. Voor mij was de enige overeenkomst dat ík er nooit bij was.

Na het misverstand bij zijn aankomst was ik gaan inzien dat regels, vakjes en structuren niet zo belangrijk waren als ik altijd had gedacht. Hij zei evenwel dat ik mijn talent als organisator moest blijven inzetten, zodat Hij de handen vrij had om zich met de mensen bezig te houden. Dat deed ik, met als gevolg dat ik meestal druk bezig was, vooral ook omdat ik in die tijd nog een volledige baan had. Het kwam mij voor dat ik telkens nèt even de kerk was uitgelopen of nèt om de hoek een boodschap deed, als er weer iets wonderbaarlijks gebeurde op de plek waar ik even daarvoor nog was geweest. Achteraf kwam er dan iemand opgewonden naar me toe die zei:

'Moet je nu toch horen wat er gebeurde toen jij vanmorgen net weg was. Het was echt ongelooflijk...'

Het werd steeds moeilijker om op dit soort nieuws met gepast enthousiasme te reageren. Ik moest enorm mijn best doen om mijn christelijke glimlach op te zetten en te zeggen: 'Gôh, wat geweldig', terwijl ik eigenlijk wilde snauwen: 'Ja, ja! Dus jij hebt het wel gezien, hè, en ik natuurlijk weer niet.'

Nu geloofde ik natuurlijk wel in genezingen enzo... echt wel; tenminste in theorie. Maar in mijn hart... Nee, diep van binnen geloofde ik er eigenlijk niks van. Ik weet niet goed hoe ik het moet uitleggen. Ik kende een aantal mensen die genezen waren. Ik kende ze van voor de genezing en erna. Er was heel duidelijk iets verbazingwekkends gebeurd. Maar ergens in mij zat er een klein kind dat het gewoon wilde zien; dat bang was om door de grote mensen voor de gek gehouden te worden.

Misschien zul je zeggen: 'Waarom zei je dat niet gewoon tegen Hem? Je had Hem toch kunnen vragen even een seintje te geven, als er weer iets op het punt stond te gebeuren?' Ik moet toegeven dat dat niet eens zo onredelijk klinkt. Het probleem was alleen, dat je Hem net zo moeilijk in een hokje kon stoppen als tweeduizend jaar terug. Ik wist nooit precies zeker hoe Hij zou reageren op vragen of opmerkingen, of mensen of gebeurtenissen. Net als ik dacht dat ik door had hoe Hij in een bepaalde situatie zou reageren, deed Hij weer iets heel anders. Neem nu dit.

Ik kan het me nog goed herinneren. Hij zat op een keer met iemand in een achterkamertje, dat wij voor pastoraat gebruiken. Ik weet niet meer precies om wie het ging, maar hij of zij had een verschrikkelijk moeilijke periode achter de rug en had gevraagd om met Hem alleen te mogen praten. Ik zat in de kerkzaal duimen te draaien en op Hem te wachten. Plots kwam er een groepje kleine kinderen de kerk binnen gehuppeld. Ze kwamen voor 'die aardige meneer', zeiden ze. Nu vond Hij het altijd heerlijk om bij kinderen te zijn. Ik dacht dat ik Hem nu wel goed genoeg kende. Dus in goed vertrouwen zei ik dat ze maar moesten doorlopen naar achteren. Ik zeg nu wel 'In goed vertrouwen', maar zo simpel zat het niet. Ik zal je precies vertellen wat ik werkelijk dacht. Eerst zei mijn gezond verstand: die kinderen moeten maar wachten tot Hij klaar is. Wie weet in wat voor persoonlijk gesprek Hij wel niet verwikkeld is... Maar dwars door deze volkomen redelijke gedachte sprong een andere: ik moest opeens denken aan een andere gebeurtenis. Toen hadden kinderen Hem willen zien en hadden zijn vrienden geprobeerd het te voorkomen. Ik pakte een bijbel van de stapel naast me en sloeg de passage op. Ja, hoor! Daar stond het. Zwart op wit. Mattheüs 19 vers 14: 'Laat de kinderen geworden en verhindert ze niet tot Mij te komen'. De omstandigheden waren wel anders, maar het ging beslist om hetzelfde principe, toch? Ik keek wel uit om dezelfde fout te maken als die lui toen. Misschien zat er zelfs nog wel een complimentje voor me in.

Weer fout! Hij vond het maar niks. De kinderen kwamen bijna meteen weer naar buiten. Zij waren even goed wel blij dat ze Hem gezien hadden. Maar toen Hij later naar buiten kwam, liet Hij er geen twijfel over bestaan dat mijn eerste impuls goed was geweest. Ik word nog rood als ik er aan denk: ik was van de wijs gebracht en schoot in de verdediging. De bijbel lag nog open op mijn schoot en ik stond op het punt Hem met een bijbeltekst op zijn nummer te zetten. Hij wist wat ik dacht, zoals altijd. Hij wees naar mijn bijbel en zei: 'Dat boek is als de sabbat. Het is voor jou gemaakt, niet jij voor dat boek.'

Dat was een punt waar Hij telkens weer op terugkwam, bij verschillende mensen op verschillende manieren. Hij was telkens weer verbaasd en verdrietig omdat mensen regels, wetten en vaste patronen veel belangrijker vonden dan wat Hij noemde 'de georganiseerde gekte van de liefde'. Voor mij was het grootste probleem dat die georganiseerde gekte de ene keer betekende dat je je gezond verstand gebruikte, en een andere keer moest je juist een stap in geloof doen en over het water lopen. Ik had het telkens verkeerd. Daarom begon ik ook liever niet over wonderen. Ik had het ongemakkelijke gevoel dat Hij dwars door mijn vraag heen zou kijken en er zelf ééntje zou stellen. Zoiets als: 'Wie denk jij dat Ik ben?' Als ik heel eerlijk was, zou ik dan moeten antwoorden: 'Dat vertel ik U wel als ik een wonder heb gezien.' Met andere woorden: ik vermoedde dat mijn probleem simpelweg neerkwam op twijfel.

Het probleem werd pas echt nijpend, toen mijn bejaarde moeder uit het ziekenhuis thuiskwam. Ze had een zwaar onderzoek ondergaan. Daarbij was een ongeneeslijke vorm van kanker aan het licht gekomen. Ze had nog ongeveer een maand te leven en kon die periode alleen bij mij thuis doorbrengen. Dus richtte ik beneden een kamer voor haar in en nam vrij van mijn werk om bij haar te kunnen zijn.

De relatie met mijn moeder was altijd een met schuld en pijn beladen onderwerp voor mij geweest. Voor zover ik kon nagaan, had zij teleurstelling en pessimisme aangetrokken als een jas, toen ze nog maar een kind was. Ze leek vastbesloten om die jas aan te houden tot haar dood. Haar enige prettige herinnering (of in ieder geval de enige die ze ooit aan mij had toevertrouwd) was die aan haar vader. Hij stierf toen ze nog maar zeven was.

In één van die weinige vertrouwelijke momenten vertelde ze me eens, dat alleen de herinnering aan zijn ogen, die straalden van liefde, haar er doorheen had gesleept in de jaren na zijn dood.

Door haar moeder werd ze afgewezen. Haar veel te vroege huwelijk met mijn vader bracht haar alleen maar ongeluk. Hij koeioneerde en verwaarloosde ons beiden tot aan zijn dood een paar jaar terug. Ze leek vroeg in haar leven de beslissing te hebben genomen om zich nooit meer kwetsbaar op te stellen. Ze was bang voor kwetsbaarheid. Als gevolg daarvan groeide ik op in een negatieve situatie van ontkenningen en ontmoedigingen en in de overtuiging, zoals kinderen gemakkelijk kunnen doen, dat ik er niet in was geslaagd om mijn moeder die liefde te geven die ze nooit van iemand anders had gekregen.

Ik kan me nog herinneren dat ik een keer uit school thuiskwam. Ze stond aardappels te schillen bij het aanrecht. Zoals ze daar stond; dat koppige leed dat ze uitstraalde in de manier waarop ze zo'n alledaagse bezigheid uitvoerde... het sneed door me heen. En plotseling stroomden mijn gevoelens naar buiten. Door de tranen van woede en zelfbeklag kon ik haar niet goed meer zien. Ik snikte het uit: 't Spijt me - 't spijt me, mam! 't Is mijn schuld niet. Ik ben hier ook...

Het was in mijn herinnering de enige keer dat ze me aanraakte. Mijn ogen stonden nog vol tranen, maar ik voelde haar hand op mijn schouder. Dàt moment van echt contact, ook al was het zonder woorden, heeft me in staat gesteld om haar veel ontmoediging en gebrek aan liefde te vergeven in de jaren die volgden.

En nu zou ze gaan sterven.

Ik zat aan haar bed en bekeek haar grijze gezicht, waarop de ontgoocheling en de pijn te lezen stonden. Ik vroeg me af waarom Hij niet was gekomen. Ik had gebeld naar plaatsen waar Hij was of binnenkort zou komen. Wat het meeste pijn deed, was de gedachte dat Hij het sowieso wel wist. Hij moest het wel weten. Want als Hij was, wie Hij zei dat Hij was, wist Hij toch alles?

Ik zag dat ze eindelijk echt in slaap was gevallen. Ik sjokte naar de keuken om nòg een kop sterke koffie te maken. Bij de eerste slok hete, zoete vloeistof hoorde ik plotseling een mannenstem uit mijn moeders kamer komen. Mijn vermoeide hoofd begon hulpeloos te tollen. De deuren, voor en achter, waren gesloten. Daar kon niemand door naar binnen. Met geen mogelijkheid. Absoluut onmogelijk...

Ineens besefte ik wie het was en mijn hoofd werd kalm.

Hij was gekomen.

Langzaam duwde ik de slaapkamerdeur open. Daar zat Hij op haar bed. Hij hield haar hand in zijn beide handen en zei zachtjes iets tegen haar. Zo stil ik kon, ging ik aan de andere kant van haar bed zitten. Wat zou Hij van plan zijn? Hij keek me even aan en glimlachte. Daarna wendde Hij zich weer tot mijn moeder. Ze was wakker en keek Hem recht in de ogen. Ik kon me niet herinneren dat ik ze ooit zo wijd open had gezien. Ik staarde gebiologeerd naar haar en kon geen woord uitbrengen. Haar gezicht werd zachter en liever; de groeven van wanhoop en teleurstelling veranderden in blijde lachrimpeltjes. Haar ogen leken die van een kind; een kind dat zonder enige twijfel weet dat het toch gewenst en geliefd is. Haar lippen bewogen. Toen ik vooroverboog, hoorde ik haar fluisteren: 'Vader, Vader.'

Daarop keerde ze zich naar mij toe en keek me aan op een

manier, waarnaar ik altijd had verlangd. Ik nam de hand die ze probeerde naar me uit te strekken en ze zei: 'Goed, jongen?' Het was een verontschuldiging, een vraag en een geruststelling. Meer had ik niet nodig.

Toen draaide ze zich weer naar Hem toe en zei: 'Ik wil U graag nog eens zien.'

'Dat zult u ook,' zei Hij, 'heel gauw.'

Daarna stierf ze en de kamer vulde zich met vrede.

Sindsdien heb ik gezien hoe mensen op dramatische wijze beter werden. Niets daarvan heeft me zo geraakt of veranderd als die paar minuten aan mijn moeders bed.

Ik had een wonder gezien.

Vier

Ik begon op zaterdag rond middernacht te pakken. Uit gewoonte deed ik het net zo zorgvuldig en nauwgezet als altijd, maar mijn gedachten waren er niet bij. Ik stond te snikken, terwijl ik overhemden en truien opvouwde en schoenen en pantoffels in niet bestaande gaten stopte. Zo rond één uur trok ik de laatste riem vast met handen die licht maar onbeheersbaar trilden. Ik zette de koffer bij de andere in de gang. Het scheen van beslissend belang dat ze precies recht naast elkaar stonden. Minutenlang verschikte ik ze tot ik eindelijk tevreden was. Ik streek mijn haar met de vlakke hand naar achteren en staarde nog eens naar mijn bagage om te kijken of ik niet nog wat moest doen - iets... het maakte niet uit wat... als ik dat schuldgevoel en die angst maar uit mijn hoofd kon houden.

Ik deed het ganglicht uit en ging naast mijn koffers op de grond zitten. Niemand kon me nu nog bereiken. Ik had de hoorn al naast de haak gelegd. Het gerinkel had me al dagen met schrik vervuld. Als er iemand aan de deur kwam, deed ik gewoon niet open. Tot zonsopgang zou ik geen spier meer vertrekken. Dan zou ik een taxi naar het station nemen en dan zou het allemaal voorbij zijn. Ik had al een week lang niet meer geslapen en vanavond wist ik dat ik er niet meer tegen kon; de schuld, de wanhoop, de zinloze pogingen mijn gedachten op iets anders te richten, de ontelbare kopjes koffie 's ochtends vroeg en het allerergst: de levendige voorstellingen waarin ik me inbeeldde dat ik werd getrapt en vernederd.

Er waren maar twee oplossingen. De ene, het probleem keihard onder ogen zien, was ondenkbaar; ik had er gewoon de moed niet voor. De andere 'oplossing' was: gewoon verdwijnen, eenvoudigweg vertrekken en mezelf verliezen in de drukte van een andere stad, waar niemand geïnteresseerd was in wie ik was of wat ik gedaan had. Ik wilde gewoon rust.

Het allerlaatste wat ik nu nog wilde was Hem onder ogen komen. Ik gaf Hem de schuld van wat er nu met mij gebeurde. Hij was onze Grondlegger; Hij had kunnen en moeten weten wat er zou gaan gebeuren. Maar misschien kon het Hem niks schelen. Misschien kon ík Hem niks schelen.

Vanaf het begin van zijn bezoek had ik keihard gewerkt om alles gladjes te laten verlopen en over het algemeen was ik best tevreden. Ik had een paar harde lessen moeten leren over hoe ik dingen op zíjn voorwaarden moest doen in plaats van op de mijne. Maar het was ongelofelijk opwindend om Hem aan het werk te zien en zijn aanwezigheid bij het overlijden van mijn moeder had een groot deel van mijn leven genezen. De laatste tijd was ik me echter bewust geworden van iets wat me de hele tijd al dwars zat.

Andere mensen uit zijn nabije omgeving waren veranderd. Het waren natuurlijk nog steeds dezelfde mensen, maar ze leken gelukkiger op een bepaalde intense en rustige manier. Ze hadden de neiging minder te spreken en als ze dan iets zeiden, was er een zeker mate van gezag en zekerheid in hun woorden. Ze keken alsof ze zich geliefd wisten - door Hem bedoel ik. Ze gingen, eenvoudig gezegd, meer en meer op Hem lijken. Ik werd gek van hen. Hun vriendelijkheid tegenover mij deed me knarsetanden. Ik werkte net zo hard als zij, zo niet harder. Ik had hen in zijn buurt zien rondhangen, kletsen, luisteren, lachen, fluisteren op momenten dat er werk aan de winkel was. Negen van de tien keer draaide ik uiteindelijk op voor al het werk, en na een tijdje ging ik, als ze toch kwamen, hun hulp weigeren. Hun hemelse glimlachjes, hun nederigheid die me razend maakte - het was me allemaal te veel. Toch vroeg ik me af, wat nu met mij? Zou ik ooit veranderen. Besefte Hij wel hoeveel werk ik verzette, en hoe graag ik meer tijd met Hem wilde doorbrengen, als ik er maar zeker van was dat Hij dat ook wilde? Ik werd verbitterd, eenzaam. En ik ging nog harder werken.

Op een goede vrijdagmiddag ging de telefoon, terwijl ik thuis aan mijn bureau zat. Het was één van die 'hemelse glimlachjes', de allervriendelijkste nog wel. De plannen waren omgegooid, zei ze. Onze Grondlegger zou met enkele van zijn naaste vrienden een weekendje weggaan, een soort retraite. Zonder nadenken flapte ik eruit:

'Prima, wanneer gaan we beginnen?'

'Nou, weet je,' zei ze, 'Hij heeft me gevraagd jou te zeggen, dat je dit keer niet zo nodig mee hoeft. Neem maar een paar dagen rust. Je hebt hard gewerkt.'

Alsof ik een emmer ijspegels over me heen had gekregen. 'Juist, hmm... prima, eh... Bedankt hè, enne... geniet ervan zou ik zeggen.' Ik legde de hoorn neer en zat zo ongeveer een minuut voor me uit te staren zonder me te bewegen. '...dit keer niet zo nodig mee hoeft...'

Eigenlijk vond ik de vloed van opstandige woede die op dat moment door me heen kolkte heerlijk. Daardoor voelde ik me groter, interessanter, zelfverzekerder. Ik beende door het huis, sloeg tegen muren aan en maakte agressieve geluiden tegen een denkbeeldig publiek. '...niet zo nodig mee hoeft...' Nou, ik zou het hun laten voelen. Plotseling was mijn denkbeeldig publiek niet meer genoeg. Ik wilde naar buiten, de nacht in en me een echt persoon voelen in een echte wereld. Ik greep mijn jas, keek of ik genoeg geld bij me had en wierp de deur achter me in het slot. Ik liep door het duister met mijn handen diep in mijn jaszakken, de kraag omhoog rond mijn oren. Ik voelde me een personage in een film. Wie was die man en waar ging hij heen?

Hij ging naar de kroeg. Hij ging zich voor het eerst in zijn leven bezatten. Niet meer dan zes pilsjes, maar dat was al vijf meer dan ik ooit op een avond gedronken had. Die avond had ik moeite om thuis te komen. De stoep slingerde als de zee. Ik kon nauwelijks mijn evenwicht bewaren. De golven wilden me telkens omgooien.

Het gebeurde toen ik thuiskwam. Ik schommelde heen en weer en probeerde de sleutel in de buurt van het slot te krijgen. Achter me zei iemand iets.

'Eh, gaat het een beetje, meneer?'

Ik draaide me om, bracht mijn lichaam weer in balans en kon met moeite het gezicht ontwaren van de vrouw die tegen me had gesproken. Ik kende haar! Ze zat meestal in de vierde rij van achteren in onze kerk, vlak naast de muur. Ik had me altijd afgevraagd hoe het zou zijn om haar te kussen. Maar dat was alleen in mijn zwakke momenten, want het was natuurlijk verkeerd, enne... verdraaid, waarom zou ik haar eigenlijk ook niet kussen? Ik smachtte ernaar haar te kussen. Ik had nog nooit een vrouw gekust, maar dit werd dan mooi de eerste keer. Het zou zo zalig zijn... zo ontzettend zalig...

Ze gaf een gilletje toen ik mijn handen op haar schouders legde en mijn gezicht naar het hare drong. Het moet geleken hebben als een groteske parodie op de TV- en filmzoenen die ik wel eens gezien had. Met beide handen duwde ze mijn gezicht van haar af. Ze rende in doodsangst de straat op en vluchtte weg in de richting van haar huis.

Het ongenoegen van de kater de volgende morgen was niets vergeleken met het gevoel van paniek dat me overspoelde, toen ik me herinnerde wat ik die arme vrouw had aangedaan. Misschien zul je zeggen, dat het niet veel voorstelde, maar gemeten naar wat ik beweerde te zijn, scheen te zijn en (omwille van mijn zelfrespect) van mezelf moest zijn, was het een absolute afknapper. In een dronken bui had ik geprobeerd een gemeentelid aan te randen. Ik, één van zijn naaste medewerkers; ik, die altijd de mond vol had van zelfbeheersing en discipline, ik moest wel gek zijn geweest.

De week daarop was een eindeloze boze droom. Ik stuurde iedereen briefjes, dat ik ziek was en ijsbeerde de hele tijd door het huis. Af en toe keek ik uit het raam in bange afwachting van een politieagent of een clubje grimmig kijkende ouderlingen of de vrouw zelf met een troep ruige mannelijke medestanders. Maar er kwam helemaal niemand. Ik negeerde de telefoon. De spanning liep langzaam op. Ik at haast niet, ik sliep nog minder en ik huilde bij de gedachte dat ik geen enkele vriend had die ik mijn probleem durfde toe te vertrouwen. Niemand kwam langs; niemand kon het iets schelen. Wat deed ik hier nog?

Nu ik bepakt en bezakt op de ochtend zat te wachten voelde ik me weer wat beter. Ik zou nu spoedig weg zijn. Ik zou ontsnappen en zelfs als Hij wilde, kon Hij me niet meer tegenhouden...

Ik moet weggedommeld zijn. Toen ik mijn ogen weer opendeed, zag ik dat het vroege ochtendlicht de matglazen ruiten van de voordeur wit kleurde. Het volgende moment schrok ik me te pletter. Het silhouet van een man was voor één van de ruiten verschenen. Zo langzaam en zachtjes mogelijk ging ik staan. Mijn ogen waren wijd open van angst. Toen ik me omdraaide om me in de keuken terug te trekken, werd de stilte ruw verbroken door een ware regen van vuistslagen op de voordeur.

Ik wist dat Hij het was.

Ik sloeg mijn handen tegen mijn oren en schreeuwde over

het lawaai heen: 'Ga weg! Ga WEG! Ik moet U niet! Ga alstublieft weg!'

Het antwoord was een enkele dreun tegen de deur en op dat moment herinnerde ik me iets.

'Ik hoef de deur niet eens voor U open te doen. U kunt zo wel binnenkomen. Zoals toen mijn moeder stierf. Waarom...'

Zijn stem onderbrak me vol aandrang.

'Deze keer kan Ik niet binnenkomen, tenzij jij Me binnenlaat.' Zijn woorden leken het huis te vullen. 'Jij moet Me binnenlaten!'

En weer begon Hij op de deur te bonzen. Nu kon ik niet anders meer: als Hij per se binnen wilde komen, zou ik niet bij machte zijn Hem weg te sturen. Ik kon het lawaai in ieder geval niet meer verdragen. Klungelig opende ik het nachtslot en draaide de sleutel om. Maar op het moment dat Hij zijn hand op één van de glazen ruiten legde om de deur open te duwen, raakte ik in paniek. Ik wilde niet met Hem praten over wat er gebeurd was. Ik kon het gewoon niet. Wanhopig greep ik de openzwaaiende deur en probeerde Hem alsnog buiten te sluiten. In plaats daarvan sloeg zijn uitgestrekte rechterhand door één van de ruiten heen. Het bloed stroomde uit een wond onderaan zijn hand langs de binnenkant van de deur. Ontzet strompelde ik naar de keuken. Hij trok zijn gewonde hand terug, drukte hem tegen zijn borst en sloot de deur achter zich.

Ik kon nu nog maar twee kanten op: de trap op naar boven òf naar buiten door de achterdeur. Ik keek over mijn schouder en merkte iets heel raars op. De achterdeur stond open, wijd open. Ik wist zeker dat ik hem gesloten en vergrendeld had, maar nu... Er was iemand in de keuken. Een donker en moeilijk te onderscheiden persoon hield de deur voor me open. Om een of andere reden was het vooruitzicht om daar langs te moeten, wie of wat het ook was, angstaanjagender dan wat ook. Ik draaide me om, rende de trap op naar mijn slaapkamer en smeet de deur achter me dicht.

Ik had de kracht niet meer om te vechten. Ik ging opgerold op mijn bed liggen, mijn gezicht in mijn armen. Ik was zo zwak als een lammetje; zo bang als een kind tussen twee nachtmerries in. Ik hoorde de deur open- en dichtgaan. Hij was in de kamer, ergens naast het bed. Een paar minuten was het stil. Ik kon Hem niet eens horen ademen.

Toen ik eindelijk over mijn schouder durfde kijken, zag ik iets wat ik nog nooit eerder had gezien. Iets wat de paniek en spanning als bij toverslag deed verdwijnen. Hij huilde... Niet luidruchtig of overdreven, maar met de ingehoudenheid en concentratie die diepe gevoelens kenmerken. En wat mijn hart plotseling deed opspringen van blijdschap, was de diepe zekerheid dat Hij om mij huilde. Die tranen die nog steeds over zijn wangen rolden waren voor mij. Hij hield van mij !

Ik draaide me om en ging tegenover Hem op de rand van het bed zitten. Hij knielde op het kleed, zijn gewonde arm hield Hij nog tegen zijn borst gedrukt. Zijn ogen, nog vol tranen, waren op mij gericht. De Baas, de Koning, de Hoogste Man huilde om mij. En alles zou goed komen. Alles zou meer dan goed komen. Hij sprak, zacht maar duidelijk.

'Je begreep het niet. Ik heb het voor jou opgeknapt - al lang geleden. Die dronken bui, die vrouw, die jaloezie - alles. Ze hebben me ervoor vastgespijkerd. Ik heb ervoor gebloed.'

Hij keek naar zijn bloedende hand. 'Ik bloed nog steeds voor jou.'

Even was het stil.

'Ik hou van je,' zei Hij. 'Geloof je me?'

Ik keek naar de rode vlek op zijn shirt; naar zijn ogen, rood omrand maar vol warmte.

'Ik geloof U.'

Die nieuwe vreugde in mij, daar moest ik iets mee; ik

moest iets doen - wat dan ook - voor Hem.

'Wat wilt U dat ik doe? Laten we iedereen gaan vertellen wat er gebeurd is. Of zal ik een dokter voor U halen? ... Oh, nee, sorry, U hebt natuurlijk geen dokter nodig, toch? Nou, wat vindt U van...'

Hij legde een hand op mijn arm en glimlachte vermoeid. 'Dat zoeken we later wel uit. Op dit moment is een kop thee wel genoeg. Goed?'

Het was goed. Alles was goed!

Vijf

Niemand had ooit zijn hart bij mij uitgestort. Mensen vertelden mij gewoonlijk niet hun geheimen. Maar de laatste tijd was er wat veranderd. Vanaf die rare nacht waarin het eindelijk tot me doorgedrongen was dat de Grondlegger van onze kerk echt van me hield, met al mijn gebreken, was ik wat minder stijf en ongenaakbaar. Daar was ik blij om, maar het betekende niet dat ik het nu allemaal beter begreep. En juist op dit moment zou ik willen dat ik de juiste antwoorden zou kunnen geven aan de jongen die tegenover me zat. Hij veegde een traan weg en zat aandoenlijk te snikken.

Hij heette Philip, was een jaar of twintig, knap en goed gekleed, hoewel niet overdreven. Hij kwam niet uit onze kerk. Hij hoorde bij een grote, levendige gemeente aan de andere kant van de stad. Ik begreep eerst eigenlijk niet goed waarom hij niet naar zijn eigen voorganger of ouderling was gegaan. Pas later begon dat tot me door te dringen.

Hij draaide nogal om de hete brei heen. Hij had gezien dat ik de laatste maanden vrij veel met onze Grondlegger was omgegaan en hij had het idee dat ik dicht bij Hem stond. Ik zat, om zo te zeggen, dicht bij het vuur. Nadat hij dit had gezegd, was het een poosje stil. Hij zat daar een beetje in elkaar gezakt in zijn stoel en staarde naar de vloerbedekking. Uiteindelijk richtte hij zijn hoofd op. Zijn ogen waren bang maar vastbesloten en keken recht in de mijne. Hij begon gelijktijdig te praten en te huilen.

‘Ik ben niet normaal, ik ben niet normaal!’ snikte hij.

Telkens weer herhaalde hij hetzelfde zinnetje. Het was of hij met zijn woorden een zinkend schip probeerde leeg te hozen. Philips probleem was dat hij zich alleen aangetrokken voelde tot mensen van hetzelfde geslacht. Hij was homofiel. Hij had het nog nooit aan iemand verteld. Hij had nog nooit een vriendin gehad - en ook nog nooit een vriend, voegde hij er aan toe.

Ik was de eerste persoon aan wie hij het ooit had verteld. Ik zag mezelf daar zitten. Uit alle macht probeerde ik ontspannen te doen, vooral niet geschokt maar wel wijs te kijken... en krampachtig heterofiel. Ik voelde me de laatste persoon op aarde die geschikt was om dit te doen. Ik wist helemaal niks van homoseksualiteit. Ik vond het al moeilijk genoeg om met mijn eigen seksualiteit om te gaan, om over die van een ander nog maar te zwijgen. Ik was een stuk ouder dan hij, en ik had zelf ook nog nooit een vriendin gehad. Was ík eigenlijk wel normaal?

Ik was verbaasd over mijn eigen sterke vooroordelen. Allereerst had ik de neiging om zo snel mogelijk te laten weten dat ik niet zó was. Vervolgens, toen ik mijn stoel naast die van hem wilde zetten en een arm om zijn schouder wilde slaan, voelde ik plotseling lichamelijke weerzin en angst, en ik bleef zitten waar ik zat. Mijn derde en misschien wel sterkste reactie was een innerlijke vastberadenheid: ik moest en ik zou de pijn en verwarring voorkomen die omhoog zouden komen als ik, net als hij, mijn eigen seksuele problemen onder ogen zou zien.

Toegegeven, het waren niet de meest nobele reacties, maar ze duurden niet langer dan een seconde. Ik dacht wat na en even later wist ik wat ik moest zeggen.

‘Denk je dat je geen christen kunt zijn omdat je homoseksueel bent? Zit dat je het meeste dwars?’

Philip staarde weer naar de vloerbedekking.

'Ik ben naar bijeenkomsten geweest,' zei hij, 'en bijbelstudies enzo. Ze zeiden allemaal dat het één van de meest... de aller... Het staat op het lijstje zonden die maken dat je geen goede christen meer bent.'

Het wanhopige appèl, dat in zijn stem doorklonk, bracht me van mijn stuk. Ik had helemaal geen slimme ideeën, geen bijzondere kennis of deskundigheid, geen voors of tegens, geen geboden of verboden, geen bijzondere bemoediging of kritiek. Eén ding wist ik zeker: ik kon Philip het beste helpen door volledig eerlijk tegen hem te zijn. Ik koos mijn woorden met zorg.

'Philip,' zei ik, 'ik zou willen dat ik je kon zeggen dat ik wist wat je moest doen. Maar dat kan ik niet, want ik weet het niet. Wat ik wel kan doen, is je aan Hem voorstellen, tenminste ... als jij dat wilt. Bedenk, ik heb absoluut geen idee van wat Hij zal gaan zeggen of doen. Ik weet alleen dat Hij het op een of andere manier zal oplossen. Of je 't nu leuk vindt wat Hij zal zeggen...'

Een sprankje hoop flikkerde op in zijn ogen.

'Zou Hij met *mij* willen praten? Ik bedoel, vindt Hij het dan niet erg, dat ik eh... ben zoals ik ben?'

Ik kon een glimlach niet onderdrukken.

'Hij heeft het nooit erg gevonden, dat ik ben zoals ik ben, Philip. Ik denk dat je maar een poging moet wagen.'

'Goed,' zei hij, 'wanneer?'

Ik maakte een afspraak voor de volgende dag. Philip zou vroeg in de avond naar de kerk komen en een uurtje met Hem alleen zijn. Die avond vertelde ik onze Grondlegger hoe zenuwachtig mijn nieuwe vriend was geweest voor de ontmoeting. Hij reageerde nauwelijks. 'Zou jij dat dan niet zijn?' zei Hij.

De volgende dag arriveerde Philip vroeger dan afgesproken, wat ik wel had verwacht. Hij was verschrikkelijk zenuwachtig. Hij ging naast me zitten op de eerste rij en streek onafgebroken over zijn broek die angstvallig keurig in de plooi zat.

'Hij is er zeker nog niet, hè?' vroeg hij.

'Jawel hoor,' zei ik, 'Hij zit daar achter al op je te wachten. We hebben daar een kamertje voor dit soort gevallen.'

Op het moment dat ik het zei, kon ik mezelf wel voor mijn hoofd slaan.

'...dit soort gevallen?' vroeg Philip, 'Bedoel je dat er een hoop flikkers hier komen om "behandeld" te worden?'

'Sorry, Philip. Dat bedoelde ik niet. Ik bedoelde gewoon-'

'Goed, laat ook maar, 't geeft niks...'

Hij stond op.

'Ik weet niet of ik dit wel kan,' zei hij, 'stel je voor dat Hij zegt....'

Hij staarde even voor zich uit en toen, alsof iemand de onafgemaakte vraag had beantwoord, liep hij snel naar de deur die naar achteren leidde.

'Hier is 't, hè?'

Ik knikte. Hij pakte de deurkruk, maar draaide zich nog een keer naar mij om.

'O ja,' zei hij, 'ik weet niet of je het gek vindt, maar ik heb voor ik hierheen kwam, nog gauw even een briefje achtergelaten bij één van de ouderlingen van mijn kerk. Om hem op de hoogte te brengen. 'k Weet niet, maar ik had het gevoel dat dat goed was.'

Ik glimlachte en knikte opnieuw. Hij opende de deur, deed een stap voorwaarts, stopte en draaide zich andermaal naar mij om.

'Trouwens, sorry dat ik net even boos werd.'

Ik werd steeds beter in het glimlachen en bemoedigend knikken. Misschien vond Philip me wel een vriendelijke gek, maar ik maakte hem in elk geval niet ongerust. Hij opende zijn mond opnieuw, alsof hij nog iets wilde zeggen, bedacht zich en liep verder terwijl hij de deur zachtjes achter zich sloot. Met een diepe zucht leunde ik achterover. Hij was nu op de juiste plek. Ik kon me ontspannen.

Ik moet in slaap gevallen zijn. Ik werd weer wakker van iemand die overduidelijk zijn keel schraapte. Er stond een man voor me in een blauw pak.

'Het spijt me dat ik u stoor,' zei hij, 'ik ben Maarten van der Steur.'

Hij glimlachte en stak zijn hand uit in de kennelijke veronderstelling dat ik meteen zou reageren. Ik stond op.

'Eh, sorry,' zei ik, 'ik geloof niet dat ik u ...'

'Philip,' onderbrak hij mij, 'ik ben één van de ouderlingen uit Philips kerk. Hij heeft dit briefje eerder op de avond bij mij achtergelaten.'

Enigszins verwijtend vervolgde hij: 'Ik had liever gewild, dat hij eerst mij om raad had gevraagd, voordat hij contact zou zoeken met... eh... was u dat? '

'Ikke?' vroeg ik, 'Eh, ja, inderdaad.'

'Tja, nota bene onze Grondlegger nog wel, die het toch al zo ontzettend druk heeft. Ik denk telkens...'

Ik had barstende koppijn. Dat had ik altijd als ik plotseling wakker werd gemaakt.

'Weet u, meneer Van der Steur, Philip durfde het eigenlijk niet goed aan u te vertellen...'

De harde stem onderbrak de mijne weer.

'De Heilige Schrift laat aan duidelijkheid hierover niets te wensen over. Als Philip me in vertrouwen had genomen, had ik duidelijk en tot in detail aan hem uitgelegd wat hem te doen stond.'

Hij wachtte even en stond blijkbaar na te denken.

'Dacht u dat wij hem zouden veroordelen? Zei hij dat wij hem zouden veroordelen?'

Ik voelde me zwak en nietig tegenover zo'n krachtige persoonlijkheid, tegenover zoveel zelfverzekerdheid.

'Nou, dat heeft hij niet zo gezegd, meneer ... eh Van der Steur, maar ik kreeg sterk het gevoel eh... eh...'

'Ja?'

'Nou, weet u ... Mag ik ú een vraag stellen?'

'Zeker. Vraagt u gerust!'

'Ik vroeg me gewoon af waaróm hij u niet in vertrouwen heeft genomen.'

Nu was het zijn beurt om met de mond vol tanden te staan.

'Ziet u, ik vraag me af wat hem ervan weerhield om naar u toe te gaan. Waarom vertrouwde hij niemand in zijn eigen kerk. Ik bedoel... waaróm niet?'

Mijn stem werd steeds zwakker, ik herinnerde me opeens dat ik me een week binnenshuis had verborgen, omdat ik niemand durfde te vertellen over mijn probleem dat meer dan levensgroot leek te zijn. Arme Philip. Natuurlijk moest iemand hem 'duidelijk en tot in detail uitleggen wat hem te doen stond,' maar hij had meer nodig. Hij moest vinden wat ik had gevonden. Hij had behoefte aan...

'Zit hij nu met onze Grondlegger te praten?' onderbrak Van der Steur mijn gedachten.

'Eh, ja, daarachter. Ze zullen zo wel klaar zijn,' zei ik, 'Wilt u wachten? Da's geen enkel probleem, hoor!'

Hij staarde me even aan. Daarna beende hij in diepe gedachten verzonken in de richting van de deur. Halverwege het middenpad stopte hij en draaide zich naar mij om. Zijn stem galmde weer door de kerk.

'Ik weet zeker, dat als Philip zo terugkomt, hij precies weet hoe ernstig de zaken ervoor staan. Ik veroordeel hem niet. De Schrift veroordeelt de zonde, niet de zondaar. Het afgelopen uur zal Philip van de hoogst mogelijke instantie hebben gehoord, dat de Ware Christen niet meer hoeft te zondigen. En hij moet leren in die waarheid te leven tot zijn geloof wordt bewezen door de verandering die in hem plaatsvindt.'

Ik weet niet wat ik zou hebben geantwoord op deze preek. Het was misschien maar goed, dat Philip net op dat moment de kerk weer binnenkwam. Hij moest wel even slikken, toen hij Van der Steur zag.

'En, Philip?' De stem van de ouderling klonk vol verwachting: 'Wat had Hij te zeggen?'

'Hij zei, dat Hij hoopte hier lang genoeg te zijn om een serie van vijftig te scoren bij snooker.'

Hij zag de verwarring op ons gezicht.

'Ja, ziet u, ik speel namelijk nogal veel snooker.'

Van der Steur vond dit klaarblijkelijk een opzettelijke oneerbiedigheid.

'Dát bedoel ik niet!' zei hij. 'Je weet best wat ik bedoel. Wat zei Hij over... eh... jouw probleem?'

Philips gezicht stond weer ernstig.

'O ja, da's waar ook! Nou, eigenlijk hebben we het daar maar even over gehad. Hij zei dat het erg belangrijk was dat we daar een oplossing voor zouden vinden. We gaan er volgende week weer over praten.'

'... het er maar even over gehad?' Het blauwe pak klonk ongelovig: 'Waar hebben jullie het dan een uur lang over gehad?'

De herinnering bracht weer een voldane glimlach op Philips gezicht.

'Hij wilde meer over mij weten; wat ik doe; wat me bezighoudt, en meer van dat soort dingen. Het leek Hem echt te interesseren.'

Even was iedereen stil, tot Philip op zijn horloge keek.

'Ik moet er maar weer eens vandoor,' zei hij.

Hij gaf mij een hand.

'Bedankt.'

Ik denk dat hij het meende.

'Tot morgen, Maarten. Ik kom wel even langs en dan kunnen we nog even verder praten. Goed?'

'Goed,' kon Maarten van der Steur met moeite uitbrengen.

Vlak voor hij de kerk verliet, draaide Philip zich nog één keer om en riep vrolijk naar ons.

'Weet je... ik denk dat Hij me echt mag! Tot kijk!'

Arme Maarten. Er was niet veel meer over van zijn zelfvertrouwen. Na een korte stilte keek hij mij aan en glimlachte met enige moeite.

''t Was niet fout wat ik zei, toch?' Zijn stem klonk zacht.

Ik dacht even na.

'Waarschijnlijk niet,' stemde ik in.

'Maar ik zat toch ook niet goed, wel?'

'Nee, eh..., nee, niet echt.'

'Juist ja, ik begin het door te krijgen,' zei hij berouwvol, en ik realiseerde me blij dat hij het inderdaad had begrepen.

Zes

De dagen werden korter en de nachten langer, de donkere dagen voor Kerstmis braken aan.

Ik schaamde me voor kerst. Ik wilde niet dat Hij zou zien wat ervan geworden was. Wat zou Hij zeggen of doen, als Hij zag hoe zijn verjaardag tegenwoordig wordt gevierd? Het geld, het eten, de steeds duurdere cadeaus, de dronkenschap, de nèt iets (of veel?) te intieme zoenen aan het einde van de kerstborrel op het werk, het eenmaal per jaar lief-en-aardig-doen, dat vaak niet meer was dan een uitstel van vijandelijkheden. Het was allemaal zó ver verwijderd van de soberheid van zijn eigenlijke geboorte en de eenvoud van Hem zelf. Hij beschouwde immers alle bezittingen als gulle leningen van God, die je zo snel mogelijk weer moest doorgeven aan iemand anders die ze nodig had. Ik herinnerde me het incident in de tempel zo veel jaren geleden. Hij dreef toen de kooplui de tempel uit met harde woorden en geknoopte touwen. Wat zou Hij doen in de Kalverstraat op kerstavond als Hij een mitrailleur te pakken kon krijgen...? Misschien een irrationele gedachte, maar ik had Hem nu al maanden meegemaakt en ik besefte dat je bij Hem werkelijk niets kon voorspellen. Hij kon zo teder en bemoedigend zijn voor mensen die ik persoonlijk, eerlijk gezegd, nogal lastig of weerzinwekkend vond. Het volgende moment trok Hij dan weer van leer tegen respectabele hoogwaardigheidsbekleders, als had Hij met de duivel zelf te doen. Dat laatste was nog maar een paar keer gebeurd, of Hij werd al niet meer uitgenodigd door de meeste kerken en organisaties. Hij was veel te lastig; Hij had te zeer de neiging om door de buitenkant heen te kijken. Hij had er een handje van de mensen te dwingen om de werkelijke problemen, die altijd verborgen blijven, onder ogen te zien en aan te pakken. In één kerk, die bekend stond om zijn levendige en dynamische geloofsbeleving, keerde Hij zich tegen de kerkleiders voor het oog van de hele gemeente. Hij vroeg hun of het niet eens tijd werd om wakker te worden. In een andere kerk beklom Hij de preekstoel om te spreken. Maar Hij barstte in snikken uit, toen Hij naar de mensen in de kerkbanken keek. Zijn preek bestond uit tranen, vijf minuten lang.

Dit klinkt natuurlijk allemaal prachtig, maar evengoed was het voor mij niet altijd gemakkelijk. Achteraf kreeg ìk de ziedende ouderlingen op mijn nek - alsof ik ook maar enige invloed op Hem had! Bij tijden zat ik vol wrok.

Neem nu het 'Jaarbeurs-fiasco'...

Ze hadden Hem gevraagd om te komen spreken op een avond niet lang voor kerst. De zaal zat afgeladen vol. Toen Hij opstond om te gaan spreken, gebeurde het. Voor Hij wat kon zeggen klonk er een stemmetje achter uit de zaal. 'Dizzy's vriend; Dizzy's vriend. 'k Wil Dizzy's vriend gedag zeggen.'

Ik kende die stem. Het was Dizzy. Dizzy was een verstandelijk gehandicapt meisje (eigenlijk heette ze Désirée...) dat niet zo ver van mij vandaan woonde. Toen Hij er nog maar pas was, was Hij haar een keer op straat tegengekomen. Sindsdien had Hij haar elke week zonder uitzondering opgezocht. Ze woonde met haar moeder in een klein flatje. Dizzy zag er wat vreemd uit en ze was niet zo slim, maar ze verafgoodde haar wekelijkse Bezoeker. En elke week maakte ze een tekening voor Hem. Ik ging niet altijd met Hem mee.

Elke week weer, dat vond ik onnodig belastend. Bovendien was er wat met haar... zoals ze eruit zag, zoals ze zich gedroeg - ik weet 't niet, maar ik kon er in elk geval niet goed tegen.

Toen ik haar stem die avond hoorde, had ik 't niet meer. Altijd hetzelfde liedje! Waarom kon het nu niet één keer volgens plan gaan...? Waarom moest Dizzy's moeder dat zwakzinnige kind nou zo nodig meenemen naar een avond voor volwassenen? Zij wist zo langzamerhand toch ook wel dat het meisje nooit op haar stoel zou blijven zitten, zeker niet als ze door had wie daar op het podium stond...?

Zoals ik al verwachtte, liet Dizzy het niet bij die ene vreugdekreet. Ze wurmde zich van haar stoel en hinkte vol vertrouwen naar voren. Ze hield een verfrommeld stuk papier in haar hand. Toen ze bij Hem aankwam, bleef ze plotseling staan. Daar stond ze, met haar hakken bij elkaar en haar rug recht als een soldaatje. Ze stak haar armen recht naar Hem uit en gaf Hem het blaadje. Het was één van haar achterlijke tekeningen. Ik leunde voorover en kon vanaf mijn stoel aan het eind van de eerste rij haar gezicht zien. Haar ogen straalden van vurige verwachting. Het puntje van haar tong stak uit haar mond van pure concentratie.

Hij nam het stuk papier uit haar hand, streek het behoedzaam glad en bestudeerde het ernstig, als een kunstkenner bij een oude meester. Uiteindelijk legde Hij het meesterwerk op een tafeltje naast Hem. Hij keerde zich weer naar Dizzy en opeens verscheen er een brede glimlach op zijn gezicht. Hij spreidde zijn armen wijd uit om haar op te vangen. Ze sprong opgewonden op Hem af. Hij tilde haar boven zich uit, zodat hun gezichten elkaar ontmoetten voor de onvermijdelijke kus. Ze liet haar hoofd achterovervallen, nam zijn gezicht in haar beide handen, keek innig naar zijn verwrongen gelaatsuitdrukking en zei: 'Ik hou van Jou het allermeeste, ech' waar!'

Hij drukte haar tegen zich aan en droeg haar toen door het middenpad naar haar moeder, die al net zoals Dizzy zat te stralen. Maar toen, tot mijn ontzetting, keerde Hij zich naar de mensenmassa, wuifde een paar keer en verdween door de achteruitgang.

Nu deed Hij het alwéér! De organisatoren stormden als één man op mij af. Zou Hij nog terugkomen? Was Hij misschien ziek? Besefte Hij eigenlijk wel, hoezeer de mensen hadden uitgekeken naar zijn toespraak? Wie dacht Hij eigenlijk wel dat Hij was...?

Ik gaf zo goed en zo kwaad als ik kon antwoord en ontsnapte uiteindelijk. Als ik zeg dat ik me enigszins geïrriteerd voelde over wat er die avond was gebeurd, druk ik me wel heel zacht uit.

'Ze zaten op een goede preek te wachten,' klaagde ik later, toen ik Hem weer tegenkwam.

'Ze hebben een nog veel betere gezien!' antwoordde Hij en wilde er verder niet meer over praten.

En nu was het bijna kerst. Ik moest er niet aan denken wat er zou gebeuren, als de werkelijkheid tot Hem zou doordringen - wat er van dit 'christelijke' feest was geworden.

Ik weet ook wel dat Hij sowieso van alles op de hoogte was. Maar Hij gedroeg zich er niet naar. Boos of bedroefd of geamuseerd - Hij kon het allemaal worden door mensen of omstandigheden en op dezelfde spontane manier als anderen. Wat zou Hij doen, als Hij werd geconfronteerd met... kerst?

Nu was Hij de dagen voor kerst zó druk, dat ik begon te geloven dat het allemaal niet zo'n vaart zou lopen. Toen, net voor kerstavond, geeuwde Hij; Hij rekte zich uit en bracht mij op de hoogte van zijn besluit: de volgende dag zou de enige 'snipperdag' zijn, die Hij zich zou veroorloven tijdens zijn verblijf.

‘Wat zullen we eens doen?’ vroeg ik een beetje ongemakkelijk, ‘Zalig een dag thuis? Da’s een lekker idee!’

‘Nee,’ zei Hij plechtig, ‘jij blijft gewoon thuis. Ik ga naar het Rijksmuseum; Ik ga wandelen in het Vondelpark,’ zijn ogen droomden weg, ‘Ik ga duiven voeren op de Dam; Ik ga... nou ja, gewoon een snipperdag opnemen. Welterusten!’

En weg was Hij.

Amsterdam op de dag voor kerst? Toen Ik Hem de volgende dag op de trein zette, dankte ik mijn gelukkige gesternte, dat Hij me niet had gevraagd om met Hem mee te gaan. Musea, het Vondelpark, duiven - allemaal goed en wel. Maar ik wilde er niet bij zijn, als Hij de duivelse kermis binnenliep, die de commercie elk jaar rond deze tijd van Amsterdam maakte.

Ik had die dag geen moment rust. Ik haalde opgelucht adem, toen ik de voordeur hoorde opengaan. Hij was tenminste weer thuis. Toen zag ik Hem. In zijn ogen stond de dood te lezen; je voelde de pijn in zijn lichaam. Hij liep me volkomen voorbij. Ik zag zijn silhouet voor het raam staan: Hij staarde uit het raam, zijn armen gestrekt tegen het kozijn, zijn handen klemde Hij om het raam. Zijn hoofd liet Hij op één schouder zakken, alsof het gewicht ervan te zwaar werd om nog te kunnen dragen. Hij zei maar een paar woorden, maar ik denk niet dat ze tot mij gericht waren.

‘Wat had Ik nou nog méér moeten doen?’

Ik denk dat ik ervaringen als ‘het Jaarbeurs-fiasco’ nog niet helemaal te boven was. Ik kan geen andere verklaring geven voor het onheilige leedvermaak dat ik even voelde over zijn pijn.

‘Ik hoop dat U niet bent vergeten, dat U vanavond naar een kerstdiner zou gaan. Als U snel bent, kunt U zich nog net op tijd verkleden. Ik denk dat ik zelf maar niet ga. Ik ben nogal moe.’

Ik draaide me snel om en liep de kamer uit. Ik wist uit ervaring, dat ik niet langer zou kunnen mokken, zodra ik de uitdrukking op zijn gezicht zou zien als Hij zich omdraaide. Ik ging naar boven en lag op mijn bed te luisteren. Eerst was het stil; toen hoorde ik Hem langzaam naar boven komen. Hij liep wat heen en weer tussen zijn kamer en de badkamer en uiteindelijk ging Hij naar beneden naar de hal. De voordeur ging knerpend open en weer was het even stil. Ik wist dat het 'mijn' stilte was - een uitnodiging om toch met Hem mee te gaan.

Ik ging níet met Hem mee; ik bleef waar ik was. Ik kon mezelf wel wat doen, maar ik gaf niet toe. Met een soort van masochistisch genoegen klemde ik mijn kaken op elkaar en hield vol tot de deur in het slot viel. Ik wist dat Hij weg was. Deze keer, zei ik tegen mezelf, geef ik eens niet toe! Ik blijf gewoon zitten waar ik zit, tot Hij inziet dat het gewoon niet eerlijk is tegenover mij, dat Hij zich zo aanstelt. Hij moet maar komen om zijn verontschuldigingen aan te bieden en proberen om me weer zo ver te krijgen, dat ik weer aardig tegen Hem ben. Ik zag het al voor me: langzaam maar zeker zou ik toegeven en me weer laten troosten tegen beter weten in... Ja! Dat zou ik doen! Hier in mijn kamer wachten, totdat Hij inzag waar Hij fout zat - al zou het de hele avond duren en desnoods heel de volgende dag.

Tien minuten hield ik het vol. Daarna raakte ik in paniek. De kleinzielige voldoening van mijn woede sijpelde weg. Ik voelde me koud en verschrikkelijk leeg van binnen.

Wat had ik toch gedaan? Morgen was zijn verjaardag en mijn cadeau aan Hem, op een moment dat Hij zich broos en gekwetst voelde, was een slecht humeur en opzettelijke afwijzing. Ik zag plotseling mijn gezicht in de spiegel aan de andere kant van de kamer. Het zag er zwak, wild en bepaald weerzinwekkend uit.

Een snik van emotie welde in mij op, toen ik mezelf van het bed af hees en naar beneden in de richting van de telefoon rende. Ik zou even controleren of Hij nog steeds bij dat diner aanwezig was en dan gauw naar Hem toegaan. Alles zou dan toch nog goed komen. Ik draaide het nummer. Aan de andere kant nam iemand de hoorn van de haak. Wij wisselden een paar woorden.

Het zou helemaal niet goed komen. Hij was er niet. Hij was aangekomen, vijf minuten gebleven, had zich verontschuldigd en was vertrokken.

'Hij leek nogal van streek,' zei de stem aan de andere kant, 'is er misschien iets mis?'

Ik legde de telefoon neer zonder ook maar te kunnen antwoorden. Even stond ik daar en wist niet wat ik moest doen. Waar zou Hij heen gegaan kunnen zijn? Juist Hij. Waar zou Hij heen gaan op kerstavond? Mijn oog viel op het adresboekje dat op het tafeltje in de hal lag. Natuurlijk, dat was 't! Ik zou iedere plek waar Hij heen zou kunnen zijn gegaan, opbellen.

Meteen begon ik te telefoneren. Ik belde naar kerken en vrienden en kennissen. Daarbij moest ik me bot door een woud van kerstgroeten heenkappen zonder eerst uit te leggen wat er aan de hand was. Ik mocht wel van geluk spreken, als ik na vanavond nog vrienden over had. Maar ik kon er niks aan doen. Alles binnen in mij wilde Hem vinden, zeggen dat het me speet. Ik wilde Hem duidelijk maken dat er wel degelijk iemand was die uitgerekend vannacht naar Hem verlangde. En dat, ondanks de platheid en grofheid die er zo duimendik bovenop lag bij alles, wat Hij in de stad had gezien.

Het had geen zin. Niemand had Hem gezien.

Tegen beter weten in deed ik mijn jas en handschoenen aan en ging de stad in om op de straat naar Hem te speuren. Ik zocht overal. Alles wat ik zag, leek op de een of andere manier met Hem te maken te hebben. Kerstliederen die werden gedraaid in de avondwinkels. 'Geen wiegje als rustplaats' dat uit twee enorme luidsprekers blèrde bij de parochiekerk aan de rand van het stadsplein. In de kerk zelf was een clubje vrouwen bezig met de laatste details van een levensgrote kerststal achter in het gebouw. Het zag er goed uit. Hij zou het leuk hebben gevonden. Maar Hij was er niet.

Elk café was vol lawaai en stroomde over van geluid en licht op het moment dat ik de deur opendeed en gespannen naar binnen keek door de dikke waas van sigaretterook die er hing. Hij hàd er kunnen zijn. Hij had de afgelopen maanden uren in café's doorgebracht met kletsen en lachen met de stamgasten. Maar nu was Hij er niet. Hij was nergens te vinden. Portieken, parkeerplaatsen, zijstraten, vergeten hoekjes aan de achterkant van gebouwen. Ik zocht overal waar ik maar aan kon denken en het was allemaal zonde van de tijd. Uren zocht ik zonder succes en ik voelde me langzamerhand gebroken. Uiteindelijk besloot ik maar weer naar huis te gaan. Ik kwam kleine groepjes warm geklede mensen tegen die met ferme pas ter kerke gingen. Ze verheugden zich al op de kerstnachtdienst. Zij waren deze bijzondere avond ook naar Hem op zoek. Ik denk dat zij Hem ook zouden vinden en nog wel veel eerder dan ik.

Ik hoopte maar wanhopig dat Hij tijdens mijn afwezigheid thuis was gekomen. Maar toen ik de voordeur openduwde, wist ik al dat het huis leeg was. Het was als een enorme donkere doodskist. In mijn vertwijfeling had ik net zo lief ter plekke willen sterven, als ik Hem inderdaad voorgoed kwijt was. Ik zakte door de knieën op het gangkleed neer. De tranen kon ik niet meer tegenhouden. Ik strekte mijn armen naar boven, het duister in als een klein kind dat verdwaald is in de nacht. Diep van binnen was er iets wat jarenlang te klein en te teer en te kwetsbaar was geweest om ooit naar buiten te komen. Het borrelde door mijn lichaam naar boven met een onstuimig meesleurende vastberadenheid en barstte eruit in één wanhopige kreet: 'Help mij!!'

Opeens wist ik absoluut zeker waar Hij was en voelde zelfs dat ik het ook al die tijd eigenlijk wel had geweten. Een paar minuten later stond ik voor de deur van het flatje. Ik belde aan en wachtte ongeduldig. Even later ging de deur open.

'Is Hij hier?' Al had ik het gewild, ik kon geen beleefdheidsfrasen meer uitbrengen. Ze wees naar de woonkamerdeur. Haar gezicht had een vreemde mengeling van verbazing en blijdschap. 'Daar binnen,' fluisterde ze, 'ga maar naar binnen als je wilt. Daar zitten ze.'

Achter de gesloten deur hoorde ik een muziekdoos zachtjes 'Geen wiegje als rustplaats' tingelen. Ik duwde de deur open en een grote kaars, het enige licht in de kamer, woei bijna uit door de tocht.

Dizzy zat in een grote fauteuil aan één kant van de kamer. Ze zag er bijna aantrekkelijk uit in het schemerlicht. Rondom haar stond haar hele verzameling zachte, pluchen beesten, zó opgesteld alsof ze stonden te kijken naar de persoon die vredig op de vloer voor haar stoel lag. Ik ging stilletjes naast het kleine zwakzinnige kind op de vloer zitten. Het leek alsof ze een nieuw soort waardigheid over zich had, een bijzondere fierheid die niets te maken had met ijdelheid. Ze streelde zachtjes het hoofd dat volkomen ontspannen op haar schoot lag. En zachtjes herhaalde ze telkens weer: 'Huil maar niet om kerst; huil maar niet om kerst.'

Zeven

Iedereen had al persoonlijk afscheid van Hem genomen. Vandaag was de laatste dag van het bezoek van onze Grondlegger. Zo'n twintig tot dertig man, die Hem het meest na hadden gestaan, waren bij elkaar gekomen in de kerkzaal om voor het laatst naar Hem te luisteren. Voor de rest van de wereld was Hij al vertrokken. Dit was een soort afscheid voor naaste familieleden. Goddank wist ik dat ik daar bij mocht horen. Ik was allang blij dat ik ergens achterin bij de deur mocht zitten.

Ik vertel niet wat Hij in ons laatste persoonlijke gesprek tegen me zei, maar het nam het grootste deel van de angst weg die ik had gevoeld omtrent zijn vertrek. Hoe zou Hij eigenlijk weggaan? En waar ging Hij dan naartoe? Ik wist het niet. Hij scheen me niet te horen, als ik het Hem vroeg. Hij zei alleen dat ik die avond mensen samen moest brengen in de kerk en een glas water moest zetten bij een stoel die niet uit elkaar zou vallen als Hij achterover zou leunen. (Hij wist dat het meeste van ons kerkmeubilair zijn langste tijd had gehad.) Ik had het allemaal geregeld en daar was Hij dan. Hij leunde achterover in zijn stoel (die gelukkig heel bleef) en wachtte tot het rumoer wegstierf en het helemaal stil werd. Een tijd lang zei Hij niets. Hij keek ons aan met een vreemde mengeling van genoegen en verdriet. Uiteindelijk zuchtte Hij zachtjes, ging rechtop in zijn stoel zitten en begon te praten.

'Vandaag moet Ik vertrekken, maar voor Ik wegga wil Ik een

poosje met jullie praten over zonde. Raar woord eigenlijk, "zonde", vind je niet? Ouderwets op de een of andere manier. Maar jullie weten natuurlijk allemaal wat zonde is.'

Hij wachtte even. De stilte die op dit moment over de samenkomst viel, gaf aan dat wij inderdaad wel een idee hadden van wat zonde was. Hij vervolgde.

'Ik weet zelf zeker wel wat zonde is, niet in de laatste plaats omdat Ik ertegen heb moeten vechten, net zoals een aantal van jullie ertegen hebben gevochten - of dat hebben geprobeerd. Tijdens dit bezoek hebben sommigen tegen Mij gezegd - en Ik waardeer hun eerlijkheid: "Ja, U hebt makkelijk praten. U bent de Zoon van de Baas." Nou, als mensen dat zeggen, zit daar natuurlijk wel wat in. Ik houd zo veel van mijn Vader, dat het ondraaglijk voor Mij zou zijn om Hem te kwetsen. Maar Ik wil dat jullie er iets van begrijpen en ook dat jullie het aan anderen uitleggen, opdat zij het ook door zullen hebben. Vertel het hun maar op een geschikt moment.'

Zijn ogen, vol van herinnering, hielden ons even stil en afwachtend.

'Weet je, Ik had de mogelijkheid, de gelegenheid en de macht om meer te doen, meer te hebben en Me meer te laten gaan dan wie dan ook die ooit heeft geleefd of ooit zal leven. In één van jullie nieuwe bijbelvertalingen staat het zo, dat ik, toen Ik door mijn beste neef Johannes was gedoopt, "geest zonder beperking" had. Precies! Geest zonder beperking - macht zonder einde. 't Was echt zo! Ik barstte er zowat van. Ik ging de woestijn in als een tiener die zit te wiebelen op een brommer die hij nog niet onder controle heeft. Daar, in die woestijn, moest Ik leren hoe Ik met al deze macht moest omgaan en dáár, met niets in de buurt, zag Ik onder ogen dat Ik alles, maar dan ook alles krijgen kon. Vrouwen, geld, bezit - noem maar op. Ik kon het allemaal zomaar krijgen. Geloof niemand die zegt, dat Ik niet in verleiding was gebracht. Ik voelde alle verlangens naar ieder menselijk genoegen, verlangens die jullie ook voelen en Ik vocht het daar in de woestijn in mijn eentje uit. Dat was deel van de afspraak, snap je? Helemaal onderdeel van de overeenkomst: Ik zou onder ogen zien waar jullie tegenaan lopen, er keihard mee worden geconfronteerd, beseffen waar het om ging en ervoor kiezen, me daarvan af te wenden als het fout was. Niet soms, niet eens meestal, maar elke, afzonderlijke keer weer.'

Zijn strakke gezicht veranderde in een ontspannen glimlach op het moment dat Hem iets te binnen schoot.

'Weten jullie waar Ik altijd zo om moet lachen? Je kent ze vast wel, die plaatjes van Mij tijdens de veertig dagen en veertig nachten verzoeking. Ik sta daar op als zo'n lange stoere bink, met zo'n mantel die witter dan wit gewassen is en Ik wuif met een vorstelijk gebaar alle verleiding weg. Die plaatjes heb je vast wel eens gezien.'

Iedereen moest lachen en Hij lachte hartelijk mee. Na een slok water ging Hij rustig en ernstig verder.

'Geloof maar niet dat het zo was! Overdag was het snikheet, 's nachts bevroor Ik zo wat. Ik had honger, vaak ook dorst, maar was in ieder geval altijd eenzaam. Meestal kroop Ik zo'n beetje versuft over de grond in de woestijn. Het ergste was nog dat Ik wist dat al die macht, die Ik bezat, Mij alles zou geven wat Ik wilde of nodig had. Echt waar, en op dat moment besefte Ik wat de eeuwigheid inhield. Het leek of het nooit, maar dan ook nooit weer ophield, maar Ik gaf niet toe. Weet je waarom Ik niet toegaf? Weet je wat Me zo sterk maakte gedurende die eindeloze dagen en nachten? Liefde. Simpel alleen maar liefde. Ik hield zo veel van mijn Vader, meer dan van wie dan ook. Ik hield van Hem met mijn hele hart en ziel en verstand en al mijn kracht. En Ik hield - zelfs toen al - net zo veel van jullie als van mezelf.

Mijn Vader had gezegd: "Dat moet Je doen, mijn Zoon" en dus deed Ik het, omdat Ik Hem vertrouwde en gehoorzaam wilde zijn. Toch duurde het lang om die strijd te winnen. Uiteindelijk kwam Ik op een punt, dat Ik volledig één was met God. Ik wilde alleen maar wat Hij wilde, had dezelfde kijk op de wereld en was bereid alles te doen wat Hij vroeg. Meteen daarna - en dat is typerend voor hoe het Hoofdkantoor werkt - kwamen de engelen met een stapel boterhammen en schoon ondergoed.'

Hij was even stil en keek ons aan, alsof Hij verwachtte dat we op dat moment wat zouden willen zeggen, maar dat wilde blijkbaar niemand. Later las ik thuis het slot van het vijfentwintigste hoofdstuk van Mattheüs' evangelie nog eens door en begon het voor het eerst te begrijpen. Hij lachte wat zuur.

'Dus Ik weet wel het een en ander over zonde. Ik kan me nog herinneren, toen Ik voor het eerst op aarde was, dat Ik met mijn twaalf vrienden zat te praten over de wet - die van Mozes, bedoel ik. Er waren er, denk Ik, een paar bij die hoopten dat Ik zou zeggen: "Jongens, zie maar wat je doet." Ze verwachtten een soort wereldwijd feest met aan het hoofd een soort beminnelijke gek in de lucht, die het niet zo veel uitmaakte wat de mensen uitspookten. Je had hun gezichten moeten zien, toen Ik de huisregels even fijntjes uiteenzette. "Moet je eens horen," zei Ik, "natuurlijk mag je niet doodslaan, maar het is zelfs fout om iemand te willen doden - om de woede te voelen, die wil vermoorden. Nog zoiets: overspel en de wellust die daartoe leidt zijn van gelijke waarde." Ze waren er niet echt gelukkig mee. Ze zaten behoorlijk in hun piepzak. Uiteindelijk neemt die bovenste beste Petrus Me apart en zegt: "Ik doe niet meer mee. Ik ben niet goed genoeg. Wil God echt dat we zo goed zijn?"

"Ja," zeg Ik, "dat wil Hij echt."

Lange pauze.

"Dat red ik dus nooit, hè."

"Nee," zeg Ik, "dat red je inderdaad nooit."

Arme Petrus. Hij keek toen zo beteuterd, dat Ik hem iets heb uitgelegd, wat Ik nu ook aan jullie wil uitleggen.

"Allereerst," vertelde Ik Petrus, "is het belangrijkste dat je doet, wat God tegen je zegt" en dat deed hij ook. Ik had niet tegen hem gezegd: "Zorg dat je volmaakt bent en volg Mij dan." Ik had alleen maar gezegd: "Volg Mij!" Het volgende ging over het feit dat je nooit goed genoeg voor God kunt zijn. Het was erg belangrijk dat Petrus goed begreep, dat Gods eisen absolute volmaaktheid inhielden. Ik wilde dat hij later zou begrijpen wat mijn dood voor hem betekende en hoeveel Ik van hem hield. Hoe ver Ik bereid was te gaan, om het gat te dichten tussen wat hij was en wat hij moest zijn, wilde hij ooit de Vader onder ogen komen. En Ik wil dat jullie dat ook goed doorhebben.

Laat Ik proberen het duidelijker te maken. Stel je voor dat wij elkaar al jaren kennen. Jij komt vaak bij Mij over de vloer, Ik heb je zelfs een sleutel gegeven, zodat je naar believen kunt komen en gaan. Nu heb jij door de jaren heen regelmatig wat gestolen uit mijn huis. Soms waren dat grote dingen, soms kleine. Ik ben nog nooit bij jou thuis geweest - je hebt Me nooit uitgenodigd - maar op een gegeven moment zit je thuis en wordt er op de deur geklopt. Ik ben het. Ik kom voor een rechtstreekse confrontatie met jou. Eenmaal binnen kam Ik het hele huis uit. Ik open kasten, snuffel in laden, voel onder de bedden en na een poosje ligt alles wat je ooit van Me gepikt hebt op een grote hoop tussen ons in. Als laatste pak Ik de pen uit je borstzak en leg die op de grote stapel, ondanks jouw protest dat je die had geleend en dat die dus niet echt meetelde.

Dus daar staan we dan, bij die berg gestolen spullen en jij voelt je lang niet op je gemak. Je weet niet wat Ik ga doen.

Zou Ik de politie bellen? Misschien zal Ik je wel slaan...

"Heb je dit allemaal van Mij gestolen?"

Ontkennen heeft totaal geen zin.

"Ja," mompel je, "het spijt me! Wat gaat U nu met me doen?"

"Je vergeven," zeg Ik, "Ik wilde gewoon dat je wist dat Ik het wist. Nu kunnen we opnieuw beginnen." '

Hij keek zoekend naar al de gezichten in de zaal. Daarna sprak Hij zachtjes: 'En Ik weet het ook van jullie allemaal. Ik weet wat je hebt gedaan, wat je wilt, wat je pijn doet, waar je bang voor bent. Ik weet wat je nodig hebt. Ik ken je, want (en in zeker opzicht is dit onmogelijk uit te leggen) Ik zag je, Ik werd bijna elk van jullie gedurende die drie uur dat Ik ooit, lang geleden, op die heuvel aan het kruis stierf. Jullie "gebeurden" in Mij, jullie werden in mijn lichaam gestraft.

De tijd die Ik aan dat kruis doorbracht, was een nachtmerrie van dikke duisternis en wanhoop; een nachtmerrie vol egoïsme, haat, moord, verkrachting en vuiligheid van de ongelooflijkste soort, maar ook onverschilligheid en onwetendheid en al die onbeduidende onvriendelijkheden die op het moment zelf niet zo belangrijk leken te zijn. In die drie uur voelde Ik wat het betekent om verslaafd te zijn, maar ook om dealer te zijn; slachtoffer, maar ook folteraar; hoe het voelt om te vernietigen en pijn te doen en schade toe te brengen en Me te verkneukelen in andermans kwelling. Ik kende het; Ik zag het; Ik voelde het. En te midden van dat alles verloor Ik Degene voor wie Ik het allemaal deed. Hij kon het niet aanzien en Ik was zo heel, heel alleen.'

Achterin de zaal begon iemand zachtjes te huilen, terwijl Hij opstond en op ons af stapte.

'Ik wil jullie nog veel meer vertellen, maar dat doe Ik nu niet. Nog twee dingen. Mag Ik jullie iets vragen voor Mij te doen? Lees dan, alsjeblieft, het boek. Zoek een vertaling die je aanspreekt, één die je begrijpt. Ik beloof je met mijn hele hart dat wij, als je zit te lezen, elkaar weer tegen zullen komen en dan praten we verder.

Dan nog wat, en dat is het belangrijkste wat Ik jullie nog te zeggen heb. Zorg voor elkaar. Vergeef elkaar. Houd van elkaar. Doe Mij geen pijn. God zegene jullie en zorge voor jullie, tot Ik weer terug kan komen.'

Daarna was Hij snel verdwenen. Toen Hij langs mij liep, stopte Hij even, glimlachte en zei zachtjes: 'Je bent veranderd.'

'Ja...' Meer kon ik niet uitbrengen.

Toen was Hij door de deur verdwenen, het duister in en het bezoek was voorbij.

Andere titels van Adrian Plass

Het Gewijde Dagboek van Adrian Plass 37 3/4
112 blz. ISBN 9071864308
een humoristisch dagboek van een gelovige twijfelaar

De Springkussenmethode
zienswijzen van een gelovige buitelaar
160 blz. ISBN 9071864596
een bundel anekdotische beschouwingen over
het leven als christen met al z'n ups en downs

De Ontluiking
Gods ontsnappingsplan voor mensen met angst
128 blz. ISBN 9071864685
een bijbels dagboek rondom angst en lijden

De Groeipijnen van Adrian Plass
176 blz. ISBN 9071864626
een autobiografie

Een Buitenaardse Kerkbezoeker
152 blz ISBN 907186474x
een buitenaardse vreemdeling leert de tale Kanaäns

Stress-Familie Robinson
160 blz ISBN 9071864766
Plass' eerste roman: over wat er allemaal gebeurt als een
(doorsnee, christelijk) gezin een vrijgezel adopteert

Het Tweede Gewijde Dagboek van Adrian Plass,
christelijk spreker 45 3/4
176 blz. ISBN 9071864871
de terugkeer van de vrome dagboek schrijver, iets ouder, maar ook wijzer?

Appeltjes voor de Vorst
136 blz ISBN 9071864936
een nieuwe bundel met prikkelende verhalen, sketches en gedichten

alle boeken zijn verkrijgbaar via de (christelijke) boekhandel